Essais Poétiques.

CHEZ
L'Auteur, rue Louis-le-Grand, n° 21 [...]
P. Dupont, libraire, rue de Grenelle-Saint-Honoré, [...]
Delaunay et Ponthieu, au Palais-Royal.
Bouland et Tardieu, rue du Battoir, n° 12.

Cache moi ce vallon, cet arbre, ce clocher,
[...] mon cœur, vient m'arracher
Scenes de Ste Camille.

Essais Poétiques

Par Mlle. Delphine Gay.

Paris,

IMPRIMERIE DE GAULTIER-LAGUIONIE,
SUCCESSEUR DE P. DUPONT.

1824.

A ma Mère.

A ma Mère.

Envain dans mes transports ta prudence m'arrête,

Ma mère, il n'est plus temps; tes pleurs m'ont fait poëte!

Si j'ai prié le ciel de me les révéler

Ces chants harmonieux, c'est pour te consoler.

D'un tel desir pourquoi me verrais-je punie?

Les maux que tu prédis ne sont dûs qu'au génie;

A d'illustres malheurs, va, je n'ai pas de droits :

Quel cri peut s'élever contre une faible voix ?
Vit-on jamais les chants d'une muse pieuse
Exciter les clameurs de la haine envieuse ?
Non, l'insecte rongeur qui s'attache au laurier
Épargne en son dédain la fleur de l'églantier.
Ah ! de la gloire un jour si l'éclat m'environne,
Comme une autre parure acceptant sa couronne
Je dirai : « Son éclat sur toi va rejaillir ;
Aux yeux de ce qui m'aime elle va m'embellir. »
À ce cruel destin, hélas ! me faut-il croire ?
Pourquoi me fuirait-on ? Le flambeau de la gloire,
Dont la splendeur effraye et séduit tour à tour,
N'est qu'un phare allumé pour attirer l'amour ;
Qu'il vienne !... Sans regret et changeant de délire,
Aux pieds de ses autels j'irai briser ma lyre ;
Mais dois-je désirer ce bonheur dangereux ?

Hier, il m'en souvient, je fis un rêve heureux.
L'être mystérieux qui préside à ma vie,
Ce fantôme charmant dont je suis poursuivie,

Hier il m'apparut, triste, silencieux,

La langueur se peignait sur ses traits gracieux ;

Moi, sans plaindre sa peine et d'espoir animée,

En le voyant souffrir je me sentais aimée.....

Il ne l'avait pas dit... Non... mais je le savais

Et bientôt j'oubliai..... (Ma mère je rêvais !...

J'oubliai de cacher le trouble de mon âme,

Il le vit ; et ses yeux, pleins d'une douce flamme,

Pour m'en récompenser l'excitaient tendrement,

Et mon cœur se perdait dans cet enchantement.

Toi-même en souriant contemplais mon supplice

D'un regard à la fois maternel et complice.

Dieu ! que j'étais heureuse ! et pourtant... je pleurais !

Ce bonheur me parut redoubler tes regrets :

Celui que nous pleurons manquait à notre joie,

Car je n'espère plus qu'un rêve nous l'envoie ;

Un rêve peut créer le plus doux avenir,

Mais il n'enlève pas le poids d'un souvenir ;

Quand la source des pleurs ne peut être tarie

La plus puissante joie est d'avance flétrie.

Mon songe est effacé... Je suis seule; dis-moi,
Celui qui doit me plaire est-il connu de toi?
Viendra-t-il, devinant le rêve qu'il m'inspire,
Sur un cœur qui l'attend réclamer son empire?
À ma jeunesse enfin servira-t-il d'appui?
Ah! si le ciel un jour daignait m'unir à lui!..
Mais non, éloignez-vous, séduisante chimère;
En troublant mon repos vous offensez ma mère,
Tant qu'elle m'aimera qu'aurai-je à désirer?
Un aussi grand bonheur me défend d'espérer!

Paris 24 novembre 1823

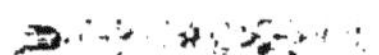

CHANT OSSIANIQUE.

SUR LA MORT

De Napoléon.

FRAGMENT

DE

LA NOTICE HISTORIQUE

MISE A LA SUITE DU POËME DE MOYSE,

PAR NEPOMUCÈNE LEMERCIER.

J'adressai, en l'année 1800, un exemplaire des poëmes sur *Homère* et *Alexandre*, au premier consul Bonaparte, dans le *château des Tuileries :* je reçus une invitation de me rendre à *Malmaison* pour dîner le lendemain chez lui. Un grand nombre de personnes distinguées par de hautes fonctions s'y trouvèrent. Je ne me souviens pas si ce fut avant ou après le repas, qu'on se dispersa dans les salles environnantes et dans les allées du parc : quelques-uns de nous discutèrent dans le salon sur les différences de l'épopée et des poëmes didactiques : Bonaparte sortait et rentrait par moments : on crut devoir l'informer du sujet de la conversation. Un des convives lui dit qu'un débat s'était élevé à l'égard de la prééminence des poëtes épiques sur les didactiques, auxquels celui-ci attribuait la supériorité. Bonaparte, se tournant vers moi, lui demanda : « Que pense *Lemercier ?* »

Le même convive s'empressa de lui répondre que j'étais pour les épiques. «— Il a raison : ce qu'on raconte a toujours plus d'ordre, est plus dramatique; d'ailleurs les fictions en action frappent mieux que les enseignements.... Voyez.... Alexandre a choisi Homère pour son poëte.... Auguste a choisi Virgile, auteur de l'Énéide.... Pour moi, je n'ai eu qu'Ossian.... les autres étaient pris.

CHANT OSSIANIQUE

SUR LA MORT

De Napoléon.

DÉDIÉ

A MADAME LA COMTESSE BERTRAND.

> Ce fleuve qui entraine tout, n'entraine pas sitôt une
> telle mémoire, elle est consacrée à l'immortalité.
>
> (Mme DE SÉVIGNÉ. *Lettre sur la mort de Turenne.*)

O divin Ossian, chantre des demi Dieux,
    Toi dont les vers mélodieux
    Autrefois charmaient son oreille,
Pour chanter ce héros que la mort te réveille.

Ce guerrier, ce colosse éclatant de splendeur,

Il est tombé..... sans ébranler la terre!

Sans l'écraser du poids de sa grandeur;

Comme un cèdre oublié sur le roc solitaire.

Fils de Fingal, saisis ta harpe d'or,

Rassemble autour de toi les vainqueurs d'Inistor;

Que tous enfin, portés par les orages,

Ouvrent le palais des nuages

Au guerrier qui repose encor [1].

Devant ce roi déchu, héros, courbez vos têtes;

Qu'il retrouve son sceptre et commande aux tempêtes;

Que sa voix dans les cieux appelle ses amis

Et ses nobles soldats dans la poudre endormis.

Et vous, filles d'Odin, livrez-vous à la joie;

Déployez dans les airs vos voiles onduleux,

Et venez enlever sur un char nébuleux

Le nouveau Dieu que la mort vous envoie.

Et toi, son compagnon, réduit à le pleurer,

Sur la terre d'exil il te faut demeurer :

    Si quelqu'envieux de sa gloire

    Voulait insulter sa mémoire,

Et lui ravir son rang dans la postérité,

     Qu'au moins son ami reste encore

    Pour surveiller l'éblouissante aurore

     De sa belle immortalité.

Mais nos vœux sont remplis !... Déjà le ciel se couvre :

La foudre a réveillé l'écho de la forêt ;

La nue ardente, à mes regards s'entr'ouvre,

    Et sa grande ombre m'apparaît !

Vers son trône d'azur, je le vois qui s'élance !

Dieux ! Quels cris des tombeaux ont troublé le silence ?

Pourquoi de toutes parts des cercueils entr'ouverts ?

Quels feux étincelans ont chassé les ténèbres ?

Pourquoi ces morts, quittant leurs vêtements funèbres,

D'armes et de lauriers se sont-ils recouverts ?

Dans leur prison de marbre ils ne sont plus esclaves

La mort du général a délivré les braves ;

Sa main vient de briser les chaînes du trépas ;

Dans les chemins du ciel, comme dans les combats.

Son aigle guide encor ses compagnons de gloire :

Tous se sont retrouvés ; et le roi des concerts [2]

Par des chants belliqueux célèbre dans les airs

Du soldat rédempteur la dernière victoire

Juillet 1821.

NOTE

DU CHANT OSSIANIQUE.

¹ Le palais des nuages.

Les Calédoniens croyaient que tous ceux qui s'étaient distingués par leur bravoure ou leur vertu habitaient après leur mort un palais de nuages. Ils y conservaient tous leurs goûts, et s'y livraient aux mêmes plaisirs qu'ils avaient connus durant leur vie. Les habitans du palais aérien apparaissaient quelquefois à leurs enfans et à leurs amis. Ils disposaient à leur gré des élémens, déchaînaient les tempêtes, troublaient les mers, mais n'avaient d'ailleurs aucun pouvoir sur les hommes, etc. etc Aucun guerrier n'était reçu dans le palais des nuages, que les bardes n'eussent chanté son hymne funèbre....

Le *Légo* dont il est si souvent question était un lac marécageux. Comme les vapeurs qui s'en élevaient étaient malsaines et quelquefois mortelles, les bardes feignirent que c'était le séjour des ames pendant l'intervalle qui s'écoulait entre la mort et l'hymne funèbre....

Quand un guerrier s'était rendu fameux, on plaçait toujours son épée dans sa tombe; une seule couche de sable la recouvrait.

² Roi des concerts.

Ossian se désigne lui-même par différentes qualifications, telles que le père d'Oscar, le vieillard de Selma, le roi des concerts, etc.

Ossian, traduction de Baour Lormian.

La Noce d'Elvire.

La Noce d'Elvire.

ÉLÉGIE.

Il m'a trompée, il m'abandonne, moi !
Moi qui voulais lui consacrer ma vie,
Moi qui, crédule et fiere de sa foi
L'aimais en sœur, en amante, en amie !

(Mme DUFRESNOY. *Les souvenirs.*)

« Jeune fille où vas-tu si tard ?

D'où vient qu'à travers la vallée

Tu portes tes pas au hasard ?

Pourquoi les égarer dans cette sombre allée ?

Les bergers dès long-temps ont rentré les troupeaux ;

L'horloge va sonner l'heure de la prière,

Et déjà, pour goûter les douceurs du repos,

Le laboureur a rejoint sa chaumière ;

Et pourquoi fuis-tu le hameau ?

—Quoi! vous n'entendez pas le son du chalumeau?

Ils sont heureux là bas, et voici la chapelle

Où ce matin Elvire a reçu ses serments.

J'étais là.... je l'ai vue..... O douloureux moments!

Comme il la regardait!..... Hélas! elle est si belle!....

Je l'étais autrefois, du moins il le disait;

Mon regard, mon langage, en moi tout lui plaisait.

Pour une autre aujourd'hui l'infidèle soupire;

Ce n'est plus moi qui fais battre son cœur,

Il ne voit, n'entend plus qu'Elvire,

Pourrai-je sans mourir contempler leur bonheur!

Laisse une infortunée à sa douleur en proie;

Va trouver les vieillards rassemblés sous l'ormeau;

Mais d'un aussi beau jour ne trouble pas la joie;

Ne dis pas que je pleure aux filles du hameau.

Tu les verras courir sur la montagne,

Et, se livrant à mille jeux,

Célébrer par leurs chants joyeux

L'hymen de leur jeune compagne.

Parmi les doux objets qui frapperont tes yeux
Tu la reconnaîtras à sa blanche parure,
A son bouquet, sa blonde chevelure,
Aux ornements que ma main a tissus,
A la croix d'or, à la riche ceinture
Que de l'ingrat elle a reçus.
Comme un beau lis tu la verras paraître;
Et les boutons tremblans des fleurs de l'oranger,
Qui retiennent les plis de son voile léger,
Te la feront encor mieux reconnaître.

Pour la parer en ce jour solennel,
Moi-même sur son front j'attachai sa guirlande;
Des époux j'ai suivi les pas jusqu'à l'autel;
J'ai mêlé mon tribut à leur pieuse offrande:
C'est alors qu'il m'a vue..... O trop flatteuse erreur !
Un seul instant j'ai cru revivre dans son cœur :
Il a pâli..... Mais un regard d'Elvire
Sur sa bouche a bientôt rappelé le sourire.
Ce moment pour jamais a fixé mon destin.

Adieu, sur mes malheurs, bon vieillard, prends courage :
        Dans peu les cloches du village.
        De mes maux t'apprendront la fin

        Elle dit; et l'écho fidèle
        Répéta ses tristes accents.
        Un mois après, vers la chapelle.
        Dirigeant ses pas languissants.
    Le vieillard aperçut une tombe nouvelle
Grand Dieu! s'écria-t-il, ta bonté paternelle
    A pris pitié d'un sort si rigoureux! »

    Elle n'est plus..... Pourtant, à la même heure.
        L'écho de la sainte demeure,
    Répète encor des accents douloureux ;
Mais la voix a changé..... C'est Elvire qui pleure

Villiers sur Orge, septembre 1820.

Le Dévouement

Des Médecins Français

et

Des Sœurs de S^te. - Camille,

Dans la Peste de Barcelonne.

INSTITUT ROYAL DE FRANCE,

ACADÉMIE FRANÇAISE.

Extrait du Rapport sur le Concours de Poésie et d'Éloquence de l'année 1822, lu dans la séance publique du 24 août 1822, par M. le Secrétaire perpétuel de l'Académie française.

Si l'Auteur du n° 103, en ne traitant qu'une partie du sujet, n'avait donné pour excuse et son sexe et son jeune âge, l'Académie, à la perfection et au charme de plusieurs passages, aurait pu croire que la pièce était l'ouvrage d'un talent exercé dans les secrets du style et de la poésie; mais la simplicité touchante de divers tableaux, la délicatesse, je dirai même, la retenue des pensées et des expressions, auraient permis d'attribuer l'ouvrage à une personne de ce sexe qui sait si bien exprimer tout ce qui tient à la grâce et au sentiment. En se restreignant à l'éloge des Sœurs de Sainte-Camille, l'Auteur se plaçait, en quelque sorte, hors du concours, et dès-lors l'Académie, qui a jugé l'ouvrage digne d'une mention honorable, a cru juste de lui assigner un rang distinct et séparé de celui des autres mentions.

Le Dévouement

Des Médecins Français

et

Des Sœurs de S^te.- Camille,

Dans la Peste de Barcelonne.

O femmes, c'est pour vous que j'accorde ma lyre !
Mme la P^sse de SALM. (*Épitre aux femmes.*)

Bienheureux Séraphins, vous, habitans des cieux,
Suspendez un moment vos chants délicieux;
Baissez vos yeux divins sur la terre d'alarmes,
Que l'attendrissement les remplisse de larmes.

Contemplez ces mortels, ils sont dignes de vous :
De leur beau dévoûment, Martyrs, soyez jaloux !
Et toi, Reine du Ciel, vierge mystérieuse,
Prépare pour tes sœurs la palme glorieuse,
Et les robes d'azur, et le bandeau de feu
Qui ceint le chaste front des épouses de Dieu !
Mais, pour les célébrer, dis-moi, m'as-tu choisie ?
Vierge, m'enverras-tu l'Ange de poésie ?
Viendra-t-il de son souffle inspirer mon sommeil,
Et me dictera-t-il des vers à mon réveil ?

Non, pour un tel sujet je suis trop jeune encore ;
Il faut, pour vous chanter, une voix plus sonore,
Hippocrates français[1] ! ô mortels généreux !
Plus grands que les martyrs, vous êtes moins heureux :
Aux yeux de l'univers, ils marchaient au supplice,
De leur sublime effort la gloire était complice ;
Mais vous, sous l'humble toit prodiguant vos secours,

---

[1] MM. Audouard, Bailly, François, Jouarry, Mazet et Pariset

Sans faste à l'indigent vous immolez vos jours.

Quel exemple frappant dans le siècle où nous sommes !

Ils mouraient pour un Dieu, vous mourez pour des hommes ;

Et vous n'avez pour prix d'un si beau dévoûment

Que nos éloges vains, nos regrets d'un moment.

A l'implacable mort arrachant sa victime,

Pacifiques héros, vous triomphez sans crime !

Ces modestes vertus qui vous ouvrent les Cieux,

Des femmes sont aussi les trésors précieux :

Nous avons avec vous des destins sympathiques :

On dit[1] que nous savons des paroles magiques

Qui, telles que vos soins, endorment les douleurs.

Pourquoi la douce voix qui sait tarir les pleurs

Ne peut-elle entonner les hymnes à la gloire ?

De vos nobles vertus je redirais l'histoire ;

Mais j'en laisse l'honneur à ces talens divers,

Qui, parant leurs récits du charme des beaux vers,

Des sept frères martyrs[2] nous ont peint la torture,

---

[1] M. de Châteaubriand, *Génie du Christianisme*.
[2] *Les Machabées*, par M. Alexandre Guiraud.

Et du grand Régulus[1] la sublime imposture
C'est aux chantres promis à la postérité
A vanter ce héros mort pour l'humanité,
Ce vertueux Mazet, de qui l'ombre chérie
Verra long-temps pleurer sa mère et sa patrie.
Qu'ils disent son courage, au malheur enlevé;
Pour de plus humbles faits mon luth est réservé
Les soins compatissans, le zèle inimitable.
La tendre piété d'une ame charitable;
Je vais les célébrer, ou plutôt les trahir,
Car louer la vertu, c'est lui désobéir.

Au récit du désastre, à leur devoir propice,
Deux femmes en priant ont quitté leur hospice.
D'un ordre révéré ce sont de pauvres sœurs,
Qui, de la charité pratiquant les douceurs,
Renoncent à vingt ans au bonheur d'être aimées,
Et du nom le plus doux ne sont jamais nommées.

---

[1] *Régulus*, par M. Lucien Arnaud.

Telles que ces guerriers, d'un cilice couverts,
Qui, pour voir un tombeau, traversaient les déserts,
Le monstre au souffle impur ne saurait les abattre,
Armés du crucifix, leurs bras vont le combattre;
Et, soit que le soleil embrase un ciel d'azur,
Soit que sur les chemins s'étende un voile obscur,
Rien n'arrête leurs pas : gravissant les montagnes,
Traversant les forêts, les fleuves, les campagnes,
Au-devant du fléau toutes deux ont marché;
Comme on fuit le péril, ces femmes l'ont cherché.

Mais Dieu, qui présidait à leur pieux voyage,
Veut une fois encore éprouver leur courage :
Réveillant dans leur cœur un souvenir trop cher,
Il dirige leurs pas vers les rives du Cher[1] :
La plus jeune des deux y reçut la naissance.
Des vallons paternels ô divine puissance!
Voilà que tout à coup, à l'aspect de ces lieux,

---

[1] La sœur Saint-Vincent est née à Saint-Amand.

Des pleurs en abondance ont coulé de ses yeux.

C'est que, dans la prairie, à travers le feuillage,

La sœur a reconnu le clocher du village,

De ce village aimé, qui vit ses premiers jeux,

Qui contemple aujourd'hui ses efforts courageux

Elle s'est arrêtée au bas de la montagne :

Alors, par un regard, sa sévère compagne

Interroge ses pleurs, et craint de deviner

Le sentiment secret qui la vient dominer.

Mais l'autre dit : « Vois-tu cet arbre solitaire,

« Dont les rameaux fleuris, s'inclinant vers la terre,

« Ombragent le sentier qui se perd dans les bois ?

« C'est là, ma sœur, c'est là pour la dernière fois

« Que j'embrassai mon père ; il partait pour l'armée ;

« Il quittait à jamais sa fille bien-aimée,

« Et son cœur, déchiré par ce cruel adieu,

« Confia ma jeunesse à la bonté de Dieu.

« Je restai seule et triste. Hélas ! depuis cette heure

« Il n'est point revenu dans sa pauvre demeure ;

« Chez l'ennemi sans doute il a trouvé la mort :

« Ou, prêt à succomber à son malheureux sort,

« Peut-être, dans les fers et loin de sa famille,

« Sur un lit de douleur il appelle sa fille ;

« Et je ne suis pas là pour lui servir d'appui ,

« Pour soulager ses maux, ou mourir avec lui !

« A des indifférens j'ai consacré ma vie,

« Mon père , et de mes soins la douceur t'est ravie!.....

« Hélas! pour le pleurer, accorde-moi ce jour,

« Car, ma sœur, ce voyage, il sera sans retour.

« Avant de me soumettre au sort qui nous menace,

« Avant que de ces lieux le souvenir s'efface ,

« Ah! du moins laisse-moi par un dernier regard.....

« Mais non... chez les mourans j'arriverais trop tard.

« Dans un autre pays, la douleur nous réclame ;

« D'un coupable désir viens distraire mon ame,

« Cache-moi ce vallon, cet arbre, ce clocher,

« Et du hameau natal, ma sœur, viens m'arracher. »

Sa compagne, à ces mots, dans la forêt l'emmène.

Bientôt les habitans de la riche Aquitaine

Les ont vu cheminer avec recueillement,
Le Tarn a réfléchi leur simple vêtement ;
Leurs pas ont réveillé l'écho des Pyrénées ;
Vers Barcelonne en deuil elles sont entraînées.
« Ces murs tant désirés, dit la sœur, les voilà :
« Regarde sur la tour ce drapeau noir : c'est là !...
« Dans ce nouvel hospice entrons sans plus attendre. »
Mais au pied des remparts quels cris se font entendre ?
« Femmes, fuyez ! fuyez ! femmes. où courez-vous ?
« Nous toucher, c'est mourir; n'approchez pas de nous ! »
Mais la sœur, qui d'abord sourit à leur méprise,
Leur dit sa mission. Alors, dans sa surprise,
Le peuple se prosterne, et croit tomber aux pieds
De deux Anges sauveurs par le Ciel envoyés.
Bientôt les vieux gardiens, d'un pas lent et débile,
Introduisent les sœurs dans la mourante ville.

Quel spectacle à leurs yeux s'offre de toutes parts !
Des spectres, des lambeaux sur les chemins épars;
Des mourans arrachés de leurs couches sanglantes,

Traînant leurs corps meurtris sur les dalles brûlantes;

Des cadavres infects, dans un sang noir baignés,

Et que l'impur corbeau lui-même a dédaignés.

Ici, le matelot qu'a respecté l'orage

Expire en regrettant les horreurs du naufrage;

Là, sont des malheureux courbés devant l'autel,

Qui souillent leur encens de leur venin mortel :

C'en est fait, et déjà leur vie est moissonnée;

Mais ils tiennent encor l'offrande empoisonnée;

Et l'encens, de leurs mains tout prêt à s'échapper,

Fume encor pour le Dieu qui vient de les frapper.

Voyez sur les parvis cette mère éplorée;

Tremblante, elle rassure une fille adorée,

Et d'une mort moins lente implore la faveur :

Et cet enfant si jeune, il prie avec ferveur;

L'effroi fait à l'enfant deviner la prière!

Et cet autre orphelin, qui franchit la barrière :

Des soldats, plus cruels encor que le fléau,

Le repoussent vivant dans l'immense tombeau :

Aux pleurs de l'orphelin leur cœur est insensible;
Rien ne peut désarmer leur prudence inflexible.
Dans ces temps de désastre il n'est plus de pitié;
Entre les vieux amis il n'est plus d'amitié;
Aux soins de l'étranger le fils livre son père,
Et la nouvelle épouse a frémi d'être mère?

Dieu! quel est-il l'emploi de ce prêtre inhumain,
Qui tient la croix d'ébène en sa tremblante main?
Dans son char tout sanglant qu'est-ce donc qu'il emporte?
Eh! ne voyez-vous pas qu'il va de porte en porte
Recueillir un cadavre étendu sur le seuil,
Et qu'il jette en passant dans le commun cercueil?
Lui-même, triomphant d'une terreur secrète,
Entassa tous ces morts dans l'affreuse charrette.
Tel un jour on a vu..... Mais pourquoi réunir
A l'horreur du présent l'horreur du souvenir?
De nos aïeux vengés n'éveillons point les ombres;
Qu'ils reposent en paix dans leurs retraites sombres;
Oublions des Français le supplice et l'erreur,

Et ces momens flétris du nom de la terreur.

Salut! des Catalans bienfaiteurs magnanimes,

Vos pieuses vertus ont racheté nos crimes!

Hélas! pour éclairer cet effrayant tombeau,

Jamais l'astre du jour ne s'est montré plus beau.

Barbare, il étalait sur la ville punie

De son éclat joyeux la cruelle ironie!

Quelle paix dans les champs! quel désert dans le port!

On croirait visiter l'empire de la mort.

Immobile comme elle, en cette affreuse enceinte

Le désespoir muet a remplacé la plainte:

On n'entend même plus la cloche du trépas;

Pour tinter tant de morts elle ne suffit pas.

Quel silence! Jamais la malheureuse ville

Au temps de sa grandeur n'a paru plus tranquille!

Et cependant les sœurs dans ce triste séjour,

A travers les mourans savaient se faire jour:

Rien ne ralentissait leur zèle infatigable.

Vainement le fléau tour à tour les accable;

Vainement du frisson leur bras faible agité

Fait trembler le breuvage au malade apporté

D'adoucir quelques maux la secrète espérance

Suffit pour triompher de leur propre souffrance.

C'est aux plus menacés, c'est aux plus indigens,

Que s'adressent leurs vœux et leurs soins diligens.

De la plus jeune sœur le courage novice

Demande à s'éprouver par un grand sacrifice :

L'infortuné qui meurt au printemps de ses jours

Pour elle a moins de droits à ses pieux secours :

Qui sait, près d'un objet de tendresse et d'alarmes,

Si la seule pitié ferait couler ses larmes ?

Ah ! c'est à la vieillesse, à ce mal sans espoir

Que l'enchaîne surtout un austère devoir.

Aussi, fidèle aux lois que sa vertu s'impose,

Dans ces lits alignés, où la douleur repose,

Elle voit un vieillard, et, vers lui s'avançant,

Elle offre à sa souffrance un baume adoucissant ;

Mais le vieillard, qui touche à son heure dernière,

Ne peut plus soulever sa mourante paupière :

Il n'entend pas la voix qui vient le consoler,

De sa bouche aucun son ne peut plus s'exhaler;

Du poison tout son corps atteste le ravage.

Faudra-t-il remporter l'inutile breuvage?

Les lèvres du vieillard ne peuvent plus s'ouvrir,

Déjà le drap de mort est prêt à le couvrir:

« Arrêtez, dit la sœur, peut-être il vit encore;

« Espérons tout du Ciel que ma douleur implore! »

Et, ne prenant conseil que de ses vœux ardens,

Du mourant avec force elle entr'ouvre les dents,

Fait couler dans son sein la liqueur salutaire,

Et bientôt sous ses doigts sent revivre l'artère.

Le vieillard se ranime. O moment fortuné!

Il jette sur la sœur un regard étonné;

Il contemple ses traits où l'espérance brille,

Croit renaître au Ciel même, et s'écrie : « O ma fille! »

Le Seigneur l'a bénie, et ce vieillard mourant

C'est un père adoré que sa faveur lui rend.

Qui dira les bienfaits nés de ce jour prospère?

Les transports de la fille en retrouvant son père,
Et ceux du vieux soldat, si long-temps détenu,
Après tant de revers au bonheur revenu?
Mais leurs vœux, exaucés par un Dieu tutélaire,
Ont du fléau vengeur apaisé la colère :
Le démon de la mort fuit dans son antre obscur;
Le calme reparaît, l'air redevient plus pur;
Au bonheur de revivre un peuple s'abandonne :
Pour les sœurs c'est l'instant de quitter Barcelonne;
La santé qui renaît rend leurs soins superflus.
Peuvent-elles rester où le danger n'est plus?
Non, dans nos hôpitaux règne encor la souffrance,
Et de plus chers devoirs les rappellent en France.
La même piété les rendit tour à tour
Sublimes au départ, modestes au retour;
Et tandis que d'un roi la puissance suprême
Pour les récompenser devançait le Ciel même,
Tandis que par ce roi leur éloge dicté
Allait vouer leurs noms à l'immortalité,
Le rosaire à la main, l'œil baissé vers la terre,

On les vit en priant rentrer au monastère.

C'est là que, chaque jour, ces charitables sœurs

D'un saint recueillement savourant les douceurs,

Et de tous leurs bienfaits écartant la mémoire,

Vont demander à Dieu le pardon de leur gloire.

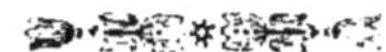

Le
Bonheur d'être belle.

Le Bonheur d'être belle.

Dédié à Madame R***

Quel bonheur d'être belle, alors qu'on est aimée!

Autrefois de mes yeux je n'étais pas charmée;

Je les croyais sans feu, sans douceur, sans regard,

Je me trouvais jolie un moment par hasard.

Maintenant ma beauté me paraît admirable.

Je m'aime de lui plaire, et je me crois aimable.....

4

Il le dit si souvent! Je l'aime, et quand je voi

Ses yeux, avec plaisir, se reposer sur moi,

Au sentiment d'orgueil je ne suis point rebelle,

Je bénis mes parens de m'avoir fait si belle!

Et je rends grace à Dieu dont l'insigne bonté

Me fit le cœur aimant pour sentir ma beauté.

Mais... Pourquoi dans mon cœur ces subites alarmes !

Si notre amour tous deux nous trompait sur mes charmes

Si j'étais laide enfin? Non..., il s'y connaît mieux!

D'ailleurs pour m'admirer je ne veux que ses yeux !

Ainsi de mon bonheur jouissons sans mélange;

Oui, je veux lui paraître aussi belle qu'un ange

Apprêtons mes bijoux, ma guirlande de fleurs,

Mes gazes, mes rubans, et, parmi ces couleurs,

Choisissons avec art celle dont la nuance

Doit avec plus de goût, avec plus d'élégance,

Rehausser de mon front l'éclatante blancheur,

Sans pourtant de mon teint balancer la fraîcheur

Mais je ne trouve plus la fleur qu'il m'a donnée;

La voici : hâtons-nous, l'heure est déjà sonnée,

Bientôt il va venir! bientôt il va me voir!

Comme, en me regardant, il sera beau ce soir!

Le voilà! je l'entends, c'est sa voix amoureuse!

Quel bonheur d'être belle! Oh! que je suis heureuse!

Le Loup

et

Le Louveteau.

TRADUCTION LITTÉRALE

DE

LA FABLE RUSSE.

Le Loup et le Louveteau.

Un loup s'occupait de l'éducation de son fils ; il lui enseignait soigneusement sa profession. Un jour il l'envoya dans la campagne à la découverte, lui enjoignant de bien observer les troupeaux, et de revenir lui rendre compte s'il en rencontrait un qui pût lui offrir une proie facile. L'élève bientôt revint trouver son maître. « Viens, lui dit-il, sans perdre de temps ; là sous la montagne paissent des brebis l'une plus grasse que l'autre. Nous n'avons qu'à choisir ; le troupeau est innombrable. — Attends un peu, répondit le loup ; il est prudent, avant de nous mettre en campagne, de connaître quel est le pasteur. — On le dit vigilant et soigneux, reprit le jeune loup ; cependant j'ai fait le tour du troupeau, j'ai observé les chiens : ils m'ont paru maigres, doux et peu actifs. — Ce rapport ne me rassure pas trop, interrompit le vieux loup; si effectivement le berger est vigilant, il n'emploira pas des chiens médiocres. Ainsi renonçons à ce troupeau. Je vais te mener à un autre, auprès duquel nous serons plus sûrs de notre proie : il est entouré d'un grand nombre de chiens ; mais le berger est un imbécile, et un sot berger n'emploira jamais que de sots chiens.

Tel maître, tels valets.

Le Loup

et

Le Louveteau.

Fable [1]

Un soir, il m'en souvient, j'errais sous la feuillée ;

J'écoutais d'un troupeau le bêlement lointain,

    Et de l'orage du matin

    L'herbe fleurie était encor mouillée.

    Dans la forêt j'entendis tout-à-coup

    Une lugubre voix ; c'était celle d'un loup.

---

[1] Cette fable fait partie du recueil de fables russes que doit publier incessamment M. le comte Orloff.

A son élève il parlait de la sorte ;

Car ce vieux loup était sage, prudent,

Et même un peu pédant.

— Mon fils, lui disait-il, avant tout il importe

D'examiner ici les rapports différens

Qui peuvent exister entre la nourriture,

Les costumes, les mœurs et la magistrature

Des moutons dévorés et des loups dévorans.

Déjà nous connaissons, grace à l'arithmétique,

Le nombre des agneaux,

Des brebis, des chevreaux

Que nous avons croqués par ordre alphabétique,

Maintenant il nous faut songer

A démêler avec adresse

La politique du berger.

Ainsi donc, partez, le temps presse,

Vous savez mes desseins secrets,

Allez, et secondez nos communs intérêts.

Alors le jeune loup obéit à son maître,

Il part. L'instant d'après je le vis reparaître ;

— Venez, s'écriait-il, venez, ils dorment tous.

Jamais vous ne verrez une plus belle proie :

C'est un festin royal que le ciel nous envoie.

— Bon, dit l'autre, et les chiens? ami, qu'en pensez-vous?

— Les chiens? ils sont chétifs et de peu d'apparence,

Ils ne m'ont point senti, je leur crois mauvais nez.

Le parc n'est pas très-haut, nous sauterons, venez.

 — Et le pasteur? — Oh! quelle différence!

 Chacun prétend qu'au milieu des dangers,

Il conduit ses moutons en maréchal de France :

  C'est le Turenne des bergers.

 — S'il est ainsi changeons de batterie,

Et pour un coup plus sûr réservons nos moyens;

Croyez qu'un bon berger a toujours de bons chiens.

Je sais sur la montagne une autre bergerie,

  Dont les chiens gros et gras

  Font beaucoup d'embarras;

 Mais je crains peu leur humeur difficile.

 Sans doute ils n'ont point de talent,

Car ici leur maître indolent
Passe pour être un imbécile.

De connaître les grands si vous êtes jaloux,
Mettez, mon jeune ami, cela sur vos registres :
Dans le gouvernement des hommes et des loups,
Un sot roi n'a jamais que de mauvais ministres

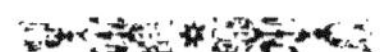

Les Adieux.

Les Adieux.

Charmante et paisible retraite,
Que de votre douceur je connais bien le prix !
(Mme Deshoulieres, *la Solitude*.

UNE VESTALE, UNE NOVICE.

LA VESTALE.

Eh bien, ma Valérie, il faut nous séparer;

De la robe d'hymen l'amour va te parer,

Tu vas quitter le temple et tes jeunes compagnes;

Sylvius a du Parthe asservi les campagnes :

Dans Rome délivrée il revient en vainqueur,

Il vient à Valérie offrir son jeune cœur.

Mais, dans un si beau jour qui peut causer tes larmes ?

Lorsqu'au sein de la gloire esclave de tes charmes,

Sylvius à ton sort est fier de s'allier ?

VALÉRIE.

A l'autel de Vesta je n'irai plus prier !

Mes mains n'oseront plus lui porter une offrande.

Des novices déjà j'ai quitté la guirlande ;

Déjà loin de mon front le saint voile est jeté.

Mes accens n'auront plus assez de pureté

Pour chanter avec vous l'hymne de la déesse.

Je n'obéirai plus à la grande prêtresse.

Quand tes soins veilleront auprès du feu sacré,

Une autre t'offrira le cèdre préparé,

L'huile sainte, les fleurs, l'encens des sacrifices,

Ou des riches moissons les fécondes prémices ;

Et, lorsque de mes jours s'éteindra le flambeau,

Si, loin de cet azile, on m'élève un tombeau,

Le lis, emblème pur des jours d'une Vestale,

Ne protégera point ma cendre virginale !

C'en est fait ! je vous quitte ; ô mes heureuses sœurs,

Que votre sort obscur m'offrirait de douceurs !

Rien de vos sentimens n'allarme l'innocence ;

Le seul qu'on vous permette est la reconnaissance ;

Votre cœur en jouit sans remords, sans combats ;

Au nom que vous aimez vous ne rougissez pas !

Toi, de pressentimens tu n'es point poursuivie :

Tu connais en un jour tous les jours de ta vie ;

Ton ame est sans regret, comme sans avenir,

Pour toi le présent même est un doux souvenir.

Mais moi, sans implorer la Déesse chérie,

Exilée à jamais du Temple, ma patrie,

Des piéges qu'on ignore en ce chaste séjour

Qui défendra mon cœur ?

LA VESTALE.

Les dieux et ton amour ;

Ne crains pas de Vesta la vengeance suprême :

Il n'est point de danger près de celui qu'on aime !

Sans offenser le ciel, sans infidélité,

Ton cœur va seulement changer de déité ;

Et tes dons vont passer dans la même journée

5

Du Temple de Cybèle au Temple d'Hyménée
Demain, séchant tes pleurs, près de ton jeune époux
Va, tu ne diras pas que mon sort est plus doux.
Je crois déjà te voir, à ses vœux moins rébelle,
Pour la première fois heureuse d'être belle,
Et nommant Sylvius le plus grands des guerriers
De son front triomphant caresser les lauriers
Déjà l'heure s'avance où, paré de sa gloire,
Il viendra.....

VALERIE.

     Je l'entends! sous son char de victoire
Du portique sacré le marbre a tressailli.
Ah! de ton amitié l'oracle est accompli :
Il vient, sa voix dissippe une crainte impuissante,
Je sens à mon bonheur que je suis innocente!

Magdeleine.

CHANT PREMIER.

Magdeleine,

Poëme.

CHANT PREMIER.

Beni soit le Dieu d'Israël! si sa colère est terrible
au méchant endurci, sa miséricorde est infinie
pour le pécheur repentant.

Mme COTTIN. *La prise de Jericho ou
la pécheresse convertie, liv.* 1.

Harpe du Roi poëte, ô Reine des cantiques,

Toi, que David baigna de larmes prophétiques,

Toi, que dans le saint temple il a fait retentir,

Toi, qui chantas son crime avec son repentir,

Apprends-moi les accords empreints de son génie,

Fais couler sous mes doigts des torrens d'harmonie,

Révèle ce malheur de mon âge inconnu,

Fais crier les remords dans un cœur ingénu;

Livre-moi les secrets d'une douleur amère;

Je ne connais encor que les maux de ma mère,

Dans une sainte erreur mon cœur est demeuré,

Pour chanter Magdeleine il faut avoir pleuré

En ce temps-là vivait dans la cité chérie

Une femme, c'était Magdeleine Marie,

De l'antique Sion, témoin de son bonheur,

Elle fut à la fois et la honte et l'honneur.

Belle comme la gloire, elle en était l'image;

De même on lui rendait un imprudent hommage.

Le soin de sa parure occupait tous ses jours;

Ses vœux étaient de plaire et de plaire toujours.

Dans son cœur inconstant quels yeux auraient pu lire?

Tantôt de la folie elle avait le délire;

Puis, d'une jeune fille imitant la candeur,

Comme un attrait de plus adoptait la pudeur,

De l'innocence même osait feindre les charmes;

Mais ce cœur ignorait le mensonge des larmes,

Car il n'est plus d'espoir et point de repentir

Pour celle dont les pleurs ont appris à mentir.

O vous dont l'ame triste est pleine de tendresse,

Evitez les regards de cette enchanteresse!

Et vous, femmes, fuyez son dangereux séjour;

Et toi, qui de l'hymen voit briller le beau jour,

Dans la chaîne de fleurs que tes mains ont tressée

Retiens ton jeune époux, ô jeune fiancée!

Si tu veux par l'amour le soumettre à tes lois,

Fais qu'il n'entende pas sa séduisante voix!

Le sage en la voyant perd son indifférence:

De la rendre au devoir il conçoit l'espérance;

Car, malgré tous ses torts, sa céleste beauté

Donne à son front coupable un air de chasteté.

Déjà dans son regard l'avenir se révèle,

Ah! bientôt, réclamant sa parure nouvelle,

Ce front se cachera sous la cendre du deuil[1]!

Ils seront passagers les jours de son orgueil[1]

Mais voyez quel éclat, quelle magnificence

De cette femme impie annoncent la puissance.

Admirez ce palais orné de pampres d'or[2],

Et ces vases d'airain plus précieux encor,

Ces colonnes de jaspe, et ces flambeaux superbes

D'où la flamme s'échappe en lumineuses gerbes.

L'aloès et la myrrhe, aux saints autels ravis,

De ce temple profane embaument le parvis;

Les tapis de l'Égypte en décorent l'enceinte.

Sous un dais recouvert de pourpre et d'hyacinthe[3]

Dans la salle de fête un banquet est dressé.

Là, des jeunes flatteurs le cortége empressé

Sur les siéges d'ivoire avec ordre se range;

Chacun s'anime, on rit; l'encens de la louange

Autour de Magdeleine exale ses vapeurs.

---

[1] Mœurs des Israélites, par l'abbé Fleury.

[2] Description du temple de Jérusalem.

[3] Livre d'Esther, festin d'Assuérus.

Elle-même préside à ces plaisirs trompeurs.

Elle sait d'un sourire encourager la joie ;

Par des soins prévenans sa grace se déploie.

Le vieil Herbas près d'elle a voulu se placer :

Aux rêves du jeune âge il ne peut renoncer.

Cette femme, à l'œil noir, est la belle Aurélie ;

Cette autre est Salomé, par l'esprit embellie.

Plus loin on voit Pharès de la tribu d'Azer,

Et Nachor, surnommé le Lion du désert.

On reconnaît Paulus à sa toge romaine ;

Le dépit l'éloigna, mais l'espoir le ramène :

De l'adorer toujours on avait fait serment.

Mais quel est ce jeune homme au front pâle et charmant,

Ce convive distrait que la joie importune ?

Sa tristesse n'est pas celle de l'infortune :

Il est préoccupé d'un souvenir plus doux

Que tous ces vains plaisirs dont il n'est point jaloux.

C'est le noble Joseph, natif d'Arimathie ;

Hélas ! dans le péché son ame est endurcie ;

On ne le voit jamais prier dans le saint lieu,

Le plaisir est son culte, et l'amour est son dieu

Jamais il n'accorda le pardon d'une offense ;

Mais un tendre soupir le trouvait sans défense.

Ses yeux presque fermés étaient doux et moqueurs ;

Il savait des discours qui charmaient tous les cœurs,

Il les avait appris dans un monde perfide,

Et pourtant son langage était simple et timide.

Des sages, des enfans il était écouté :

Comment se défier de la timidité ?

Ce jour-là, soit raison, ou soit par indolence,

Auprès de Magdeleine il gardait le silence.

Cachant à ses amis ses craintes, ses désirs,

Avec indifférence il voyait leurs plaisirs ;

Et lorsque des rivaux la foule adulatrice

D'un regard bienveillant implore le caprice,

Lui, paraît dédaigner ce trop facile honneur,

Son sourire trahit un insolent bonheur.

Cependant Magdeleine a lu dans sa pensée,

De son morne silence elle semble offensée;

Il le voit, il se lève, et, domptant sa fierté,

Tout-à-coup fait briller sa tardive gaîté :

« Donnez, dit-il, la coupe à mes lèvres avides.

« Eh! quoi? les flacons d'or en mes mains restent vides?

« Les plaisirs du festin ont-ils fui les premiers?

« Nos coteaux ne sont-ils généreux qu'en palmiers?

« Ah! que n'est-il ici ce charpentier prophète

« Qui de l'humble Cana vint partager la fête,

« Et, d'oublier ses maux se fesant un devoir,

« Par un joyeux miracle attesta son pouvoir!

« Du Ciel ou de l'Enfer quel aimable transfuge!

« C'est un nouveau Noé sans arche et sans déluge;

« C'est un roi travesti pour sauver l'univers;

« C'est un ange perdu dans un monde pervers;

« C'est un dieu qui, forçant sa divine nature,

« Vient des pauvres mortels goûter la nourriture! »

O Jacob! ô David! jours de calamités!

La foule applaudissait à tant d'impiétés!

Et le jeune insensé, plein d'une double ivresse,

S'enflammant aux regards de sa belle maîtresse,

Et vantant par ses vers un trop heureux amour,

Riait, parlait, buvait et chantait tour à tour.

Puis Joseph dans ses bras serrait la harpe antique,

Sainte, elle accompagnait un profane cantique;

Tandis qu'autour de lui le vin oriental,

Quittant avec fracas la prison de cristal

Où depuis quinze hivers son doux parfum sommeille,

Retombait dans la coupe en cascade vermeille.

Déjà du haut des cieux l'étoile du matin

A fait pâlir l'éclat des flambeaux du festin.

Magdeleine aperçoit leur tremblante lumière.

Du somptueux banquet se levant la première,

« Séparons-nous, dit-elle, il est tard, et j'entends

« Le concert matinal des oiseaux du printemps.

« Allez, qu'un doux repos à ses lois vous enchaîne,

« Adieu, nous nous verrons à la fête prochaine. »

— A demain, dit Joseph en lui baisant la main.

Et la troupe joyeuse a répété : « Demain ! »

Les plaisirs ont cessé, l'ivresse dure encore.

Par les chants de la nuit insultant à l'aurore,

Les convives enfin s'éloignent de ces lieux ;

Le pauvre est réveillé par leurs bruyans adieux ;

D'un regard indigné le prêtre les contemple,

Et va pour leur salut prier dans le saint Temple.

Villiers, novembre 1822.

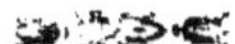

Magdeleine,

CHANT VI

MAGDELEINE.

FRAGMENT DU CHANT CINQUIÈME.

. . . .

Satan va prononcer l'infernale sentence;
Car il craint la vertu moins que la pénitence.

. . . .

. . . .

    Ainsi parle Satan. Mais dans l'affreux cortège
Quel est-il ce démon que sa faveur protège?
Dans sa fatale main il agite un flambeau;
Que ses regards brûlants font frémir! Qu'il est beau!
Si la Haine était belle, on dirait : C'est la Haine!
Des anneaux d'un serpent il a formé sa chaîne,
Il porte sur son dos les ailes du vautour,
Et l'enfer l'a nommé le démon de l'amour!
    Ce n'est pas cet amour dont la pudique flamme,
Comme un pardon du ciel, vient épurer notre ame,
Ce gage précieux d'un bonheur avenir,
Ce rayon du beau jour qui ne doit pas finir !

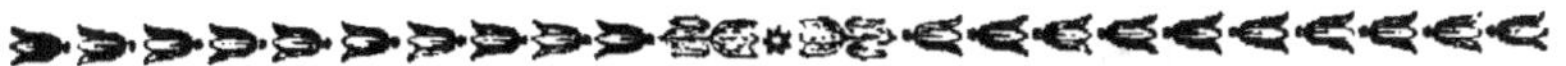

Magdeleine,

CHANT VI.

> Pour prouver qu'en son cœur le besoin du pardon
> N'était point le dépit, n'était point l'abandon,
> Que du seul repentir elle était animée,
> Dieu permit qu'elle fût profondément aimée.
>
> MAGDELEINE, *chant 5.*

Les derniers feux du jour coloraient la cité.

Par mille sentimens à la fois agité,

Joseph de Magdeleine atteignit la demeure,

Quand l'ombre des palmiers marquait la neuvième heure.

Sous le riche portique aussitôt qu'il entra,

Il vit venir à lui la jeune Séphora [1].

---

[1] Sœur de Magdeleine, âgée de huit ans.

« Te voilà! dit l'enfant, indiscrète et naïve,

« Je suis seule en ces lieux; mais, dis, sur quelle rive

« Si loin et si long-temps as-tu donc voyagé?....

« Magdeleine est au Temple... Oh! tout est bien changé!

« Elle adore Jésus, au désert l'accompagne;

« Elle va l'écouter sur la sainte montagne.

« Elle a donné son or, ses perles, ses rubis;

« Elle ne porte plus que de simple habits.

« Elle dit : « J'ai péché, mais Dieu m'a délivrée.. »

« De pauvres, de vieillards on la voit entourée :

« Tous ceux qui la blâmaient réclament ses secours

« Elle est douce, elle prie, elle pleure toujours,

« Et moi je la console, et, sans rien y comprendre,

« Je pleure sur ses torts qu'on ne veut pas m'apprendre

« Toi, qui l'aimais déjà, tu l'aimeras bien mieux ! »

Et Joseph soupira. Puis, détournant les yeux,

Abandonna l'enfant qu'il tenait embrassée;

Mais elle, par instinct, devinant sa pensée :

« Fuis ma sœur, reprit-elle, et ne l'afflige pas;

« Ton nom la fait pleurer quand je le dis tout bas,

« Et Nohamel[1] aussi, défend qu'on le prononce. »

— « Il suffit, dit Joseph, à la voir je renonce.

« Oui, de Jérusalem je partirai demain. »

Et, malgré lui, du temple il suivit le chemin.

D'un orgueil emprunté se faisant une étude,

« Courage, disait-il, pâle d'inquiétude,

« Mon nom la fait pleurer; elle n'ose me voir,

« D'un souvenir trop cher elle craint le pouvoir.

« Je conçois ses desseins; sa prudence m'évite;

« Elle m'a trop aimé pour m'oublier si vite.

« Aux accens de ma voix elle va se troubler;

« Je la verrai rougir, je la verrai trembler;

« Car, je n'en doute plus, sa feinte pénitence

« Est l'œuvre du dépit, et non de l'inconstance. »

A ces mots près du Temple une femme passa,

Et ce reste d'orgueil en son cœur s'effaça.

---

[1] Nohamel, vielle nourice de Magdeleine.

C'est elle!.... il reconnaît sa taille et sa démarche.

Vers l'enceinte sacrée, en rêvant, elle marche;

Il la suit, elle arrive, et pour s'humilier

A la porte s'arrête et se met à prier.

Est-ce bien Magdeleine? Ah! quelle différence!

Il l'admire et s'afflige, il n'a plus d'assurance.

Son amour, dont l'espoir commence à s'affaiblir,

Envie à la vertu ce pouvoir d'embellir;

Car jamais à ses yeux son amie infidèle

Au temps de ses erreurs n'avait paru si belle!

Jamais son jeune front n'eut un si noble aspect!

Joseph la contemplait, pénétré de respect.

Qu'il préférait alors à sa grace pérfide,

Ce maintien à la fois imposant et timide!

On ne l'entendait pas prier, mais seulement

De sa bouche entr'ouverte un léger mouvement

Trahissait de son cœur la fervente prière;

Elle était à genoux, humblement sur la pierre;

Ses cheveux, par des nœuds n'étant point retenus,

Descendaient en flots d'or jusques à ses pieds nus;

Une sainte langueur ajoutait à ses charmes ;
Et ses yeux dont l'azur était brillant de larmes,
Modestes ressemblaient à ces modestes fleurs
Que l'ange des adieux fit naître de ses pleurs,
Qui protégent l'absence et sa mélancolie,
Et dont le nom charmant défend que l'on oublie.

Ce Joseph autrefois si fier, si confiant,
Voyez comme aujourd'hui timide, suppliant,
Il craint de s'attirer un regard trop sévère,
Et s'étonne d'aimer autant ce qu'il révère !
Aux yeux de Magdeleine il voudrait se cacher ;
Il brûle de l'entendre, et n'ose l'approcher ;
Hélas ! plus il la voit, plus son amour redouble ;
Epiant sur son front la rougeur et le trouble,
Enfin, malgré l'effroi qu'il s'efforce à bannir,
Et pour être écouté s'aidant d'un souvenir,
Il s'approche en tremblant de la femme qui prie,
Et lui dit tendrement : « Magdeleine, Marie. »
Sa voix est reconnue..... O surprise, ô douleur !

Le front de Magdeleine a gardé sa pâleur ;

Ses traits ont conservé leur tristesse mortelle.

« Je bénis le Seigneur, c'est vous, Joseph, dit-elle,

« Je vois que tous mes vœux ne sont pas superflus,

« J'allais prier pour vous...—« Ah ! tu ne m'aimes plus ! »

   « Moi ! reprit Magdeleine, oh ! je vous aime encore ;

« Ne me refusez pas la grace que j'implore,

« Epargnez-moi pour vous des regrets éternels :

« Si jadis vous suiviez mes conseils criminels,

« D'un pieux repentir suivez aussi l'exemple. »

Elle dit ; et paisible, elle entra dans le temple.

   De la religion dédaignant les secours,

Joseph n'entendit pas ce consolant discours.

Mais cette voix sans trouble, il l'a trop entendue !

Voyant que sa tendresse était pour lui perdue,

Il pleurait son amie et ne l'écoutait pas.

Il voulut lui parler et retenir ses pas,

Mais triste, sans espoir et respirant à peine,

Il ne put prononcer que son nom, « Magdeleine!... »

Il la vit quelque temps errer dans le saint lieu,

Puis elle disparut... sans un regard d'adieu!...

Alors tout son malheur revint à sa mémoire,

Et son cœur en souffrit long-temps avant d'y croire.

Long-temps il répéta, de regrets consumé :

« Malheur! malheur à moi! Je ne suis plus aimé!.. »

Le démon de l'amour, caché dans un orage,

N'avait pu jusqu'alors accomplir son ouvrage :

Magdeleine était là, loin d'elle il avait fui :

L'amour que Dieu lui donne est plus puissant que lui!

Et tant qu'elle resta hors des murs de l'enceinte,

Joseph fut protégé par sa présence sainte.

Mais sitôt qu'il la voit sous les lambris sacrés

Le démon, dans les airs, s'abaissant par degrés,

Et souriant déjà du tourment qu'il apprête,

S'envole vers Joseph, vient planer sur sa tête;

Par un prestige affreux égarant sa raison,

L'enchaîne de serpens, l'enivre de poison.

Pour rendre sa souffrance et plus longue et plus sûre

Il déchire son cœur d'une sourde blessure;

Le perce lentement d'un invisible fer;

Du récit de ses maux va réjouir l'enfer,

Et, faisant éclater son exécrable joie,

Aux tourmens qu'il lui laisse abandonne sa proie.

« Reviens, criait Joseph, Magdeleine, jamais

« Je ne puis être heureux sans toi... si tu m'aimais,

« Pourquoi m'avoir quitté? Je ne t'ai point trompée.

« De toi seule et toujours mon ame est occupée.

« Oh! je t'aime, reviens, je ferai tout pour toi,

« J'adorerai ton Dieu s'il te ramène à moi.

« Je serai pénitent si ta voix me l'ordonne,

« Et j'irai demander qu'ensemble on nous pardonne.

« Qu'il rende Magdeleine à mes vœux impuissans,

« Et sur tous ses autels je porte mon encens!

« Mais je ne puis aimer un Dieu qui nous sépare;

« Un Dieu dont le pardon t'a rendu si barbare;

« Un Dieu qui t'inspirant une profane ardeur,

« Du nom de repentir abuse ta candeur.

« Non, de ce Dieu rival j'affronte la puissance;

« Je maudis ses bienfaits et ta reconnaissance;

« Et mon cœur, par l'amour et la haine irrité,

« Ne s'enflamma jamais d'autant d'impiété!

« C'est en vain contre moi que ton orgueil conspire;

« En vain de tes sermens tu veux braver l'empire;

« Tu ne peux m'oublier jamais, tu m'appartiens;

« Ta honte nous unit; mes crimes sont les tiens;

« Ton cœur qui fut à moi ne peut me méconnaître,

« Et, roi de tes remords, je te commande en maître!

« Je saurai, du passé dévoilant les secrets,

« Troubler ta pénitence à force de regrets.

« Tes remords avec moi seront d'intelligence;

« Mon bonheur qui n'est plus, deviendra ma vengeance.

« Dans le temple, au désert et la nuit et le jour,

« Tu trouveras partout mon implacable amour.

« La mort saura mon nom; et la tombe elle-même,

Quand tu viendras pleurer, te criera que je t'aime.

Les échos du Carmel, des torrens et des bois

« Jusqu'aux pieds de Jésus te porteront ma voix;

La Tour

Du Prodige.

Conte.

À mon Neveu

Gustave O'Donnelle.

J'ai fait pour toi ces vers, et je te les dédie.
Ton oreille en aimait déjà la mélodie,
A te les répéter combien je me plaisais !
Que je les trouvais doux lorsque tu les disais !
Hélas ! dans tes beaux yeux la vie est effacée,
Ton innocente main en jouant s'est glacée ;
J'ai vu venir la mort sur ton front gracieux,
Et ton dernier regard m'a révélé les cieux !
Oui, tu prieras pour nous, et ton ame naissante
Des pleurs de tes parens sera reconnaissante ;
Le ciel t'écoutera ; demande-lui pour eux
Des regrets moins amers, un sort moins rigoureux.
Pour calmer bien des maux, je sens qu'on m'a choisie,
Viens m'aider ; sois pour moi l'ange de poésie
Qui donne le secret de charmer les douleurs ;
Viens m'apprendre à sourire en essuyant mes pleurs ;

7

Fais entendre ta voix, ta voix qui m'est si chère,
Et je l'imiterai pour consoler ta mère,
Jusqu'au jour où le Dieu qui veille au souvenir
A ceux qui nous aimaient voudra nous réunir

La Tour

Du Prodige,

Conte

Dédié à mon neveu Gustave O'Donnell.

> Entour du feu, mesme au soir, que parlons
> De voyagiers esgarez loing des routes,
> Au fond des bois, dans le creulx des vallons,
> Ou s'abritant soubz les obscures voultes
> De vieulx chastels ouvertz aux aquilons,
> S'oyonz un cry tout-à-coup dans la plaine,
> Ung bruict confuz tant soiet au loing cela,
> Soudain le sang tout se fige en ma veyne ;
> Retienz mon souffle, et ne reprendz haleine
> Que pour me dire : « O ciel ! s'il estait là ! »
>
> *(Clotilde de Survile, le chant d'amour en hiver.)*

Écoutez, mes enfans, cette effrayante histoire ;

Comme d'un saint avis gardez-en la mémoire ;

Un jour vous la direz à vos petits-neveux,

Quand la neige des ans blanchira vos cheveux.

C'était le soir; le vent soufflait sur les bruyères:

Les marais exhalaient des vapeurs meurtrières,

Et l'écho du vallon mêlait avec effroi

Les cris de la chouette aux sons lourds du beffroi.

Insensible aux autans qui grondaient sur sa tête,

Un voyageur, un seul, affrontait la tempête :

Paisible il gravissait le sentier du coteau,

Livrant aux aquillons l'azur de son manteau.

En vain les loups cruels, errant dans les ténèbres,

Font retentir les bois de hurlemens funèbres;

En vain les vieux bergers, l'autre soir, ont prédit

Qu'un malheur l'attendait près du sentier maudit;

Il n'a point écouté la parole des sages :

Pour un cœur sans amour qu'importent les présages?

Au conseil des vieillards il ne s'est point rendu;

Il a pris en riant le sentier défendu;

Et les vieillards ont dit : « Que le ciel le dirige,

« Et détourne ses pas de la Tour du prodige ! »

Il a déjà franchi le torrent écumeux,

Et cette plaine aride où d'un combat fameux

Quelques tertres épars attestent la mémoire ;

Son pied foule en passant ces monumens de gloire.

Soudain, au fond du bois par les vents agité,

Il a vu d'un flambeau la tremblante clarté ;

Vers ce fanal d'espoir, toujours plus intrépide,

Il dirigea l'essor de sa course rapide.

Il marchait à grands pas ; mais plus il avançait,

Et plus à l'horizon la clarté s'effaçait ;

Il gravit le rocher, et la blanche lumière

Dans le ciel nébuleux disparut tout entière.

Alors le voyageur, saisi d'étonnement,

Et maudissant la nuit, s'arrêta brusquement ;

Car sur le roc désert pour lui seul accessible,

Sa marche crut sentir un obstacle invincible;

Et, lorsque pour le vaincre il se précipita,

Contre un anneau de fer son casque se heurta,

Puis son bras s'étendit sur d'épaisses murailles;

Ses pieds ne trouvaient plus ni cailloux, ni broussailles

L'éclair avait cessé de frapper ses regards,

Et la foudre pourtant grondait de toutes parts.

Sous cette voûte humide il lui semblait encore

Que son pas devenait de plus en plus sonore,

Et qu'un étrange bruit, un sourd gémissement,

Du fond d'un souterrain s'élevaient lentement.

En vain le malheureux, perdu dans ce lieu sombre,

Se guidant par ses bras qu'il étendait dans l'ombre,

Cherchait vers quelque issue à s'ouvrir un chemin;

Tout-à-coup, ô terreur!... il sent une autre main

Dont les doigts décharnés s'emparent de la sienne :

« Suis-je dans l'antre obscur de quelque magicienne?

« Dit le jeune imprudent, ou quelque vieux sorcier

« Aux fêtes du sabbat veut-il m'associer?

« Qu'il parle! à ses désirs il me verra docile;

« Le combattre ou l'aider, tout me sera facile,

« Et fût-il Satan même!.. » A ces mots il entend

D'une porte d'airain tomber le lourd battant.

« Qu'on m'enferme, dit-il, mais qu'on réponde! Où suis-je

Une voix répondit : « Dans la Tour du prodige! »

Mais lui, serrant la main qui vient de le saisir,

« Déjà, dit-il, le ciel exauce mon désir!

« Enfin j'ai pénétré dans ce lieu redoutable;

« Toi, qui veux m'effrayer par ta voix lamentable,

« Renonce au vain projet de m'éloigner d'ici;

« Ton cœur à la pitié se fût-il endurci,

« Tu ne peux refuser au guerrier qui l'implore

« La modeste faveur d'attendre ici l'aurore?

« —Vous, s'écria la voix, vous, rester en ces lieux?

« —Pourquoi non?—Ah! fuyez!.. mortel audacieux!

« — Moi fuir? — L'ignorez-vous? cette tour est maudite,

« Un sorcier... un géant... un fantôme l'habite!..

« — Je viens le visiter. — Oh! ciel! que dites-vous?

« Du maître que j'attends redoutez le courroux.

« Il commande au Destin; l'enfer est sa patrie:

« Des flots et de l'orage il guide la furie;

« Fuyez! de le combattre abandonnez l'espoir:

« La lance des guerriers est sur lui sans pouvoir

« Il défierait le ciel! de la mort elle-même

« Il brave sans danger la puissance suprême.

« En vain un coup heureux vous livrerait ses jours,

« Pour vous combattre encore il renaîtrait toujours!

« — Tu dis qu'il va venir? — Hélas avant une heure

« Vous entendrez ses pas!.. — « S'il est vrai je demeure;

« A son festin du soir je veux être invité.

    — Ah! c'en est fait de moi! votre témérité,

« Si mon maître revient, va me coûter la vie:

« Je ne suis qu'une esclave à ses lois asservie;

« Ayez pitié de moi, de vous j'aurai pitié;

« Je vais de mon souper vous offrir la moitié;

« Mais du hameau prochain vous reprendrez la route. »
Elle dit, et déjà l'entraîne sous la voûte.

Une lampe qui veille au fond du noir réduit,
Montre aux yeux du guerrier celle qui le conduit;
Les rides s'étendaient sur son pâle visage;
Une chaîne attachait deux clefs à son corsage:
« — Hâtez-vous, dit la vieille. » Aussitôt le guerrier
Fait sécher son manteau, quitte son baudrier;
Au clou de la muraille où brillait une hache,
Il suspend avec soin son casque au blanc panache;
Et s'assied, en riant de son repas frugal;
L'escabeau chancelait sur le sol inégal.
En attisant le feu, la servante craintive
Prêtait au moindre bruit une oreille attentive;
Posait sur une table à l'angle du foyer
Le lait, le pain de seigle, et les fruits du noyer;
D'un fer mal aiguisé sa main chassait la rouille;
Puis, tournant dans ses doigts la tremblante quenouille,
Tandis que l'étranger achève son repas,

La vieille auprès de lui vient s'asseoir, et tout bas
Lui dit ces mots : « La tour dans laquelle nous sommes
« N'est point l'œuvre de Dieu, n'est point l'œuvre des hommes
« Pour tous c'est un mystère, et l'on n'a jamais su
« Quel noble châtelain ces murs avaient reçu.
« Ce lieu fut autrefois un séjour de délices ;
« On n'y redoutait point de sombres précipices.
« La vigne au chevrefeuille enlacée en berceau,
« Ombrageait les détours d'un paisible ruisseau.
« Une nuit, tout-à-coup, dans les villes prochaines
« On entendit des bruits, et des voix souterraines ;
« On vint au point du jour, et le pâtre surpris
« D'une tour inconnue aperçut les débris.
« L'île s'était changée en un rocher sauvage ;
« Un torrent furieux désolait le rivage ;
« La vigne était fanée, et sur les vieux créneaux
« La liane étendait ses verdâtres anneaux.
« Le pâtre alla conter l'histoire fabuleuse ;
« Et chacun voulut voir la tour miraculeuse ;
« Un moine en l'approchant fit le signe de la croix .

« On dit que du démon c'est l'œuvre, et je le crois ;

« Nul ne l'a vu bâtir ; c'est pour cela, vous dis-je,

« Qu'elle porte le nom de la Tour du prodige. »

« — Ton maître tarde bien, dit l'hôte impatient.

« — Ah ! s'écria la vieille au maintien suppliant,

« Pour de plus nobles faits gardez votre courage.

« Voyez : le vent du soir a dissipé l'orage,

« Il vous faut repartir. — Eh bien ! soit, j'y consens ;

« Mais, dis-moi, quels étaient ces feux éblouissans

« Qui frappèrent mes yeux sur la tour ? — Je l'ignore...

« Peut-être est-ce... une étoile... ou quelque météore... »

En prononçant ces mots la femme se troublait,

Et de son front ridé la pâleur redoublait.

Le voyageur, touché de ses vives alarmes,

Sans changer de projet, se lève, prend ses armes,

Et, feignant d'obéir, s'éloigne de la tour.

Bientôt il y revient par un secret détour;

Plus d'espoir! la servante a refermé la porte;

Il hésite un moment; mais son destin l'emporte,

Et, sans considérer la hauteur des remparts,

Rejetant son manteau sur les débris épars,

Il monte; sur le lierre étend ses mains adroites;

Il pose un pied hardi dans les fentes étroites;

Enivré du plaisir qu'un danger lui promet,

De l'infernale tour il atteint le sommet.

Tout-à-coup il s'arrête, écoute, et croit entendre

Sortir du haut donjon cette voix douce et tendre:

« Oh! depuis si long-temps je prie avec ferveur!

« Quand luira-t-il ce jour où votre ange sauveur,

« Mon Dieu, viendra charmer ma triste rêverie,

« Comme il fit autrefois des chagrins de Marie? »

A ces accens plaintifs l'intrépide étranger

Sur le fer du balcon s'élance plus léger.

Il s'attache aux barreaux de l'étroite fenêtre,

Et jouit à son tour de l'effroi qu'il fait naître:

La voix se tait. Alors d'un jour mystérieux

La lune a protégé ses désirs curieux;

Il s'avance et d'abord, pour mieux voir, il essuie

La pourpre des vitraux qu'avait ternis la pluie;

Il regarde... O bonheur! est-ce un enchantement?

Pour un preux chevalier quel fantôme charmant!

Que cette femme est belle, à genoux sur la pierre,

Tenant ses doigts d'albâtre unis pour la prière!

Qu'il aime ce front pur, cette bouche, et ces yeux

Dans une sainte extase égarés dans les cieux!

Est-ce un rêve du cœur? N'est-ce pas un prestige?

C'est là le vieux sorcier de la Tour du prodige?

Malgré ce doux aspect, le jeune homme tremblant

Veut quitter du balcon le débris chancelant;

Car ses pas ont perdu leur guerrière assurance,

Et son cœur intrépide a frémi d'espérance.

Sous les festons du lierre il cherche à se cacher;
De la belle inconnue il voudrait approcher;
Il craint de la voir fuir, il se trouble, il balance;
Mais quels accents divins!.. Elle parle... silence!

« Toi que Dieu m'a promis, que tous les jours j'attends,
« Ange consolateur, est-ce toi que j'entends?
« N'est-ce pas dans les airs ton ame qui soupire?
« Ah! si les malheureux ont sur toi quelque empire,
« Parle, et fais que du moins pour la première fois,
« A ma voix sans écho réponde une autre voix!
« Ne me trompé-je pas? Il me répond! Qu'entends-je?..
« Oh! rien n'est aussi doux que les accents d'un ange!
« Mais dis-moi, Gabriel, pourquoi viens-tu le soir?
« Que tu dois être beau! que je voudrais te voir! »

D'abord il a souri de la sainte méprise;
Mais bientôt, plein d'espoir et cachant sa surprise,
Il cherche à pénétrer à travers les barreaux;
Puis, d'une agile main soulevant les vitraux,

« Fille de Dieu, dit-il, livrez-vous à la joie;

« Oui, je suis Gabriel, et le Seigneur m'envoie;

« Je viens réaliser vos rêves de bonheur;

« Je suis le plus aimant des anges du Seigneur. »

« — Ah! prends pitié de moi, répond la voix touchante:

« Gabriel, ce langage et m'attriste et m'enchante.

« Ne me dis pas encor que tu vas me chérir;

« Oh! ne m'accable pas! le bonheur fait mourir :

« Et mon ame sans force, aux pleurs accoutumée,

« Succombe, dans sa joie, à l'espoir d'être aimée! »

En achevant ces mots, des pleurs délicieux

De la jeune captive ont obscurci les yeux.

Elle reste à genoux, heureuse et recueillie,

De mille sentimens à la fois assaillie;

Et ce trouble nouveau pour elle a tant d'appas,

Que lui-même à présent ne l'en distraira pas.

Il cherche à la calmer, et l'émeut davantage;

Comment faire cesser le trouble qu'on partage?

De sa coupable ruse oubliant le secours,

Vingt fois il se trahit dans ses tendres discours :

Il n'est plus ange, il pleure, il supplie, il commande,

Il fait de grands sermens, sans qu'on les lui demande,

Il parle de constance et de sincérité

A celle dont le cœur n'avait jamais douté!

Mais elle, s'alarmant de ce langage étrange,

S'étonne de rougir aux paroles d'un ange :

L'innocence frémit des sermens superflus!

« — Ah! dit-elle en tremblant, je ne vous comprends plus,

« Mes discours insensés ont droit de vous surprendre :

« Mon père a défendu qu'on me fît rien apprendre;

« Il dit que le savoir a causé ses douleurs;

« Je ne sais que prier et pleurer nos malheurs. »

Puis, sur son front pâli, ramenant ses longs voiles,

Elle ajouta : « Mon père a lu dans les étoiles

« Que, rempli de courroux, Dieu frapperait de mort

« Celui qui par le cœur s'unirait à mon sort.

« Et c'est pour rassurer sa tendresse alarmée

« Que loin de tous les yeux il me tient enfermée.

« La neige, dans les airs répandant ses flocons,

« A déjà quinze fois couvert ces vieux balcons,

« Depuis qu'en cette tour on cacha mon enfance;

« Une femme étrangère y veille à ma défense;

« Elle seule me parle : Ah! dans ces lieux d'horreur

« Jamais le chevrier ne vient que par erreur.

« Lorsque je vois passer un enfant du village,

« Si je veux l'appeler à travers ce grillage,

« Il s'enfuit aussitôt; et je ne sais pourquoi

« Dans ce village heureux on a si peur de moi! »

« — Que de ces temps amers le souvenir s'efface!

« S'écria l'inconnu, retrouvant son audace;

« Jetez sur l'avenir des regards consolés.

« Les secrets du bonheur vous seront révélés.

« Demain, quand le soleil rougira la campagne,

« Je vous apparaîtrai sur la haute montagne;

« J'aurai l'air et les traits d'un jeune chevalier;

« Vous me reconnaîtrez à l'or du bouclier

« Dont vous verrez de loin jaillir les étincelles;

« Sous l'azur d'un manteau je replierai mes ailes;

« Et si d'autres guerriers accompagnent mes pas,

« De leurs masques de fer ne vous effrayez pas.

« Au séjour des heureux conduite par moi-même

« Demain vous apprendrez comment au ciel on aime,

« Demain!..—Qu'ai-je entendu? Grand Dieu! Quel est ce bruit?

« Voyez-vous ces éclairs qui sillonnent la nuit?

« — Rassurez-vous, dit-il, ma vie est immortelle,

« Ne craignez rien pour moi. — Je le sais, reprit-elle,

« Vous ne pouvez mourir, et pourtant je frémis :

« N'est-il pas dans les cieux des anges ennemis?

« Oh! je n'en puis douter, un danger vous menace,

« Je le sens à mes pleurs, à l'effroi qui me glace,

« Fuyez! — Moi, vous quitter? non, jamais! Près de vous

« De l'orage et de Dieu je brave le courroux! »

Comme il disait ces mots la foudre éclate et tombe;

La tremblante captive à son effroi succombe;

Le ciel vient de frapper l'imprudent séducteur :

L'ange qu'elle adorait n'est plus qu'un imposteur;

Le prestige est détruit : la mort l'a détrompée!

De l'ange Gabriel la flamboyante épée,

Éclairant à ses yeux le front du criminel,

Elle a vu s'accomplir l'oracle paternel.

Le lendemain, un page errant dans la vallée,

N'aperçut qu'un manteau sur la pierre isolée.

On chercha vainement du jeune voyageur

Les restes consumés par l'orage vengeur;

Et le torrent profond, qui sous le roc murmure,

Ne roula dans ses flots qu'une sanglante armure.

Dieu pardonne l'orgueil qu'il vient d'humilier.

On racheta son ame à force de prier :

Une femme, enfermée en un saint monastère,

Pour lui pria long-temps, rêveuse et solitaire;

Et l'on a su depuis que dans le vieux couvent

Un ange pardonné la visitait souvent;

Que le jour de sa mort, après la sainte messe,

Du jeune chevalier acquittant la promesse,

Cet ange était venu de la part du Seigneur.

Réaliser enfin ses rêves de bonheur;

Et qu'ensemble, tous deux s'élevant dans les nues.

Ils avaient pris du ciel les routes inconnues.

On ne peut de ce fait nier la vérité;

C'est notre ancien pasteur qui me l'a raconté.

La voilà, mes enfans, cette effrayante histoire;

Comme d'un saint avis gardez-en la mémoire.

Un jour vous la direz à vos petits-neveux,

Quand la neige des ans blanchira vos cheveux,

Et, remplis du respect qu'un tel miracle exige,

Ils salueront les murs de la Tour du prodige.

A la chaumière de Lormois, août 1825.